情落人间

༄༅། །རིག་འཛིན་ཚངས་དབྱངས་རྒྱ་མཚོ།

第六世达赖喇嘛仓央嘉措诗歌演绎

༄ རྒྱལ་དབང་ཚངས་དབྱངས་རྒྱ་མཚོའི་མགུར་གླུའི་སྒྲོས་འགྱུར།

赤贡·吾见才让

ཁྲི་གོང་ཨོ་རྒྱན་ཚེ་རིང་།

བོད་ལྗོངས་མི་དམངས་དཔེ་སྐྲུན་ཁང་།

西藏人民出版社

图书在版编目（CIP）数据

情落人间：第六世达赖喇嘛仓央嘉措诗歌演绎 / 赤贡·吾见才让 .-- 西藏人民出版社，2018.10

ISBN978-7-223-05574-1

Ⅰ.①情… Ⅱ.①赤… Ⅲ.①藏族-情歌--(文学)-作品集-中国-清代Ⅳ.① I276.291.4

中国版本图书馆 CIP 数据核字（2017）第 105829

情落人间：第六世达赖仓央嘉措诗歌演绎

演　　绎	赤贡·吾见才让
责任编辑	格藏才让
封面设计	扎西欧珠
版式设计	扎西欧珠　白玛曲吉
出版发行	西藏人民出版社（拉萨市林廓北路 20）
印　　刷	深圳市精彩印联后印务有限公司
开　　本	787×960　1/16
印　　张	8.5
字　　数	120 千
版　　次	2018 年 4 月第 1 版
印　　次	2018 年 4 月第 1 次印刷
印　　数	01-2，000
书　　号	ISBN978-7-223-05574-1
定　　价	32.00 元

诗 序

读者至上的翻译尝试

——读吾见才让演绎的仓央嘉措诗歌《情落人间》

一本书在没有出版之前，就可以先睹为快，这应当是一种幸运和殊荣吧。在看曾经是中师同学的吾见才让发来的，由他翻译（演绎）的仓央嘉措诗歌的汉译电子版的时候，心里便有一种像是孩童时代被一起玩耍的小伙伴偷偷给了一颗糖果一样的喜悦。怀着这样的一种阅读期待，我仔细看完了他的文字。阅读之前，我还有一种好奇—仓央嘉措的诗歌，已经有太多的汉译了，古体的、自由诗体的，还要各种仿写的，五花八门，不一而足。在网络的搜索引擎键入关键词，可以搜索到几百万条相关信息。在这样一种情况下，他依然选择对仓央嘉措诗歌进行重新翻译，是出于一种什么样的想法呢？此前在拉萨，在一个青海老乡聚餐的饭局上，吾见才让曾向我说起他翻译完成了仓央嘉措的74首诗歌，并希望我能看看，看完了写几句话。话刚刚说到这儿，即刻就被饭局上另一个热闹的话题带入了另一种气氛，大家开始争着唱故乡的歌谣，回忆和谈论着这些歌谣背后大家共同的老家。一个有关诗歌的话题就此打住了，而另一个更有诗歌意味的现场渲染着一种隐约散发着乡愁的快乐。

这似乎就是拉萨这个城市的一种气质，在我的印象里，拉萨是一个些微有些散漫的城市，带着一种快乐至上的情愫，如果一个人心存烦闷和不快，那么拉萨便是一个消解这些烦闷和不快的最好去处——或许，有关仓央嘉措诗歌的那样一个话题，相对于故乡和歌谣，还是有些沉重和正式吧，那天晚上，我原本想问问我这位老同学重新翻译这些诗歌的初衷，这个话题却直到我要写下这些文字时，依然没有下文。也许，这是一个预示，预示我通过阅读这些诗歌，去揣摩藏在这些文字背后的一些东西，而这些东西本身就是答案。

带着这样的想法，我开始一首一首地阅读吾见才让翻译的仓央嘉措诗歌，或者说，我一个字一个字地品咂着他之所以重新翻译这些诗歌的用意。

是的，我品咂出了一些味道。

吾见才让和我曾经就读于青海海南州民族师范学校，这是一个从五十年代开始就实行了双语教育的学校，在这样一所学校里学习，我们时时穿越在两种不同的文字营造出的世界里，在掌握了一种类似于穿墙破壁的技能的同时，也深深了解两个世界的异同。我想，吾见才让在阅读此前的译者翻译的仓央嘉措诗歌的时候，一定看到了这些译文的某些不足，那就是，这些译文对汉语读者的阅读背景考虑欠少，当把这些译文呈现给汉语读者的时候，没有考虑藏汉文化背景的差异性，使得许多根本没有藏文化背景的读者，在面对这些译文的时候，会出现理解上的艰难。吾见才让显然是想弥补这一缺憾，因此，他的译文，在对原文诗歌进行翻译的时候，把这些诗歌隐喻的部分内容也呈现了出来。例如：

因为我的幼稚

我把恋人当作了父母

因为我的幼稚
我把此生的秘密
透过风雪 透过夜色
告诉了青梅竹马

因为我的幼稚
我把此生的隐私
没告诉父母
却告诉了恋人
可是 谁能料到
我恋人的旁边
有很多“野鹿”
他们同样头枕温床
透过风雪 透过夜色
偷听我的秘密

因为我的幼稚
我把恋人当作了父母
却让敌人偷听了我
此生的秘密

显然，吾见才让的译文，从体例、诗行上大大超出了原文，对原文隐喻的部分，几乎采用了“不厌其烦”的详尽表达。

吾见才让还试图用译文的方式，对这些诗歌的意义做一些延展，引领读者能够更加正确地理解这些诗歌。这样做的意义，我想是他看到近几年仓央嘉措诗歌开始在更广更大的范围中流行、传播，甚至成为了一种时尚，而对仓央嘉措诗歌的理解，也出现了许多的误读和曲解。这使得吾见才让在翻译仓央嘉措诗歌时，做了许多带有解释性的延展。我想，这也是吾见才让之所以产生要重新翻译仓央嘉措诗歌的冲动的一个原因吧。

无论是草原
还是田间
你那春风般的微笑
触摸阳光
轻抚空气

无论在聚会
还是在独处
你那阳光般的微笑
颠覆江山
倾倒少年

在这天地之间
如果你真的爱我
请你在我的眼前
歃血为盟吧

也是出于对读者能够更简明更自白地理解仓央嘉措诗歌的考虑，

吾见才让在翻译这些诗歌的时候，还采用了一个翻译方法，那就是从译文上后移诗歌原文的语境。众所周知，翻译是一个要考虑和看重原文创作年代的工作，译文要表现出原文创作时的历史感和时间的局限性。做为一名藏汉双语的译者，吾见才让非常清楚这一点。但是，在他重新翻译仓央嘉措诗歌时，却有意打破了这一点，他的译文，显然对原文的历史语境进行了后移——他几乎用现当代诗歌的语境，甚至不惜用一些完全与原文产生年代不符的词语，重新表达了他心目中的仓央嘉措诗歌：

在我的空间
每一缕阳光
是日月恩赐的光环
不知在你的门前
是否还有这样的奢侈
和祥云的护卫

听说黄边黑心的云彩
是霜雹的成因
不知你的空间
是否尚有非僧非俗的和尚
在我的门前
他们已被认为是佛教的敌人

无论怎样
我把你的生日

作为我的星期天
在布宫 在大昭寺
为你 为众生
祈福和平 祈福幸福

如果你是终点
我愿做一颗星星
划入你的夜空

吾见才让之所以这么做，显然还是对读者的一种妥协。孰是孰非，还是应该交给读者去评判。

从老同学吾见才让所托，写下这些文字，权为序。

龙仁青

于2017年12月16日冬月午夜

目 录

ཤར་ཕྱོགས་རི་བོའི་རྩེ་ནས། །
དཀར་གསལ་ཟླ་བ་ཤར་བྱུང་། །
མ་སྐྱེས་ཨ་མའི་ཞལ་རས། །
ཡིད་ལ་འཁོར་འཁོར་བྱས་བྱུང་། །

1.玛吉阿妈

每当夜幕降临的时候
在那东山顶上
升起一轮皎洁的月亮
犹如玛吉阿妈①的容颜
无论是初一　还是十五
时时浮现在我的心上

注：

①玛吉阿妈：解读《仓央嘉措道歌》，其中“玛吉阿妈”这个词很关键。其实，“玛吉阿妈”是仓央嘉措独创的一个词语，在他之前藏族其他文献中几乎很难看到这个词语。“玛吉阿妈”在藏语中按字面理解可以解释为年轻的姑娘。在《仓央嘉措道歌》中，如果“玛吉阿妈”按普通人的观点以为年轻的姑娘，那么，仓央嘉措的诗歌人们自然理解为“情歌”；如果“玛吉阿妈”按原文理解为慈悲和空性，那么，仓央嘉措的诗歌就是“道歌”了。

ན་ནིང་བཏབ་པའི་ལྗང་གཞོན། །
ད་ལོ་སོག་མའི་ཕོན་ལྗོག །
ཕོ་གཞོན་རྒས་པའི་ལུས་པོ། །
ལྷོ་གཞུ་ལས་ཀྱང་སྒྱོང་བ། །

2.南弓

在田间

去年种的禾苗

今年已成秸束

在宫殿

少年衰老的身躯

骤然南弓①还弯

注：
①南弓:指西藏山南一代制造的弓。

རང་སེམས་སོང་བའི་མི་དེ།།
གཏན་གྱི་འདུན་མར་བྱུང་ན།།
རྒྱ་མཚོའི་གཏིང་ནས་ནོར་བུ།།
ལོན་པ་དེ་དང་འདྲ་བྱུང་།།

3.心上人

如果
我那朝思暮想的
心上人儿
作我终生伴侣
哪怕海枯石烂
我将大海底下
捞上的珍宝
永远 永远捧在心上

འགྲོ་ཞོར་ལམ་བུའི་སྟེང་ཐུབ།།
ལུས་དྲི་ཞིམ་པའི་བུ་མོ།།
གཡུ་ཆུང་དྲུག་དཀར་རྙེད་ནས།།
བསྐུར་བ་དེ་དང་འདྲ་བྱུང་།།

4.在路上

在路上
遇见的姑娘
千里芬芳 一路阳光
却擦肩的眼神
像偶然拾到的白璁
顺手扔弃
从此
无法找回

མི་ཆེན་དཔོན་པོའི་སྲས་མོ། །
ཁ་འབྲས་མཚར་ལུགས་བལྟས་ན། །
ཁམ་སྡོང་མཐོན་པོའི་རྩེ་ནས། །
འབྲས་བུ་སྨིན་པ་འདྲ་བྱུང་། །

5.千金女郎

看　看那
达官贵人的千金
靓丽风姿的劲儿
宛如高大的桃树尖上
熟透的醇厚果儿
风情万种

སེམས་པ་ཡར་ལ་ཤོར་ནས། །
མཚན་མོའི་གཉིད་ཐེབས་བཅག་སོང་། །
ཉིན་མོ་ལག་ཏུ་མ་ལོན། །
སེམས་གཅོང་གཏིང་ནས་སྐྱེས་སོང་། །

6.你的出现

因为你的出现

昨夜

让我彻夜难眠

今天

守护你的倾慕

却让我心灰意冷

མེ་ཏོག་ནམ་ཟླ་ཡལ་སོང་།།
གཡུ་སྦྲང་སེམས་པ་མ་སྐྱོ།།
བྱམས་པའི་ལས་འཕྲོ་ཟད་པར།།
ང་ནི་སྐྱོ་རྒྱུ་མི་འདུག །

7.额纹

虽然过了花开季节
你可不要悲伤
蜂和花儿
也有阴差阳错的时节
我和情人
好比枯萎的艾草
在风中凋谢
我也并不悲伤
额头上的纹路谁都无能

རྩེ་ཐོག་བ་མོའི་ཁ་ལ།།
སྐྱེ་བསེར་ལྷུང་གི་ཕོ་ཉ།།
མེ་ཏོག་སྦྲང་བུ་གཉིས་ཀྱི།།
འབྲེལ་ཚམས་གཅོད་མཁན་ལོས་ཡིན།།

8.白霜

早晨　睡眼惺忪
在波动的浮尘中
隐约看见
芨芨草上的白霜
和寒风
拆散了花儿和玉蜂

还有那木板上的脚印
和深邃的目光

ངང་པ་འདམ་ལ་ཆགས་ནས།།
རེ་ཞིག་སྡོད་དགོས་བསམས་ཀྱང་།།
མཚོ་མོར་དར་ཁ་བསྒྲིགས་ནས།།
རང་སེམས་ཁོ་ཐག་ཆོད་སོང་།།

9.芦苇湖

天鹅在芦苇丛中
随着霞光 随着舞步
抚摸羽翎上的每一缕阳光
在湖中滴落时
心想停留一会儿
可那银装素裹
冰封的湖面
叫我心灰意冷
叫我难以启齿

གྲུ་ཤན་སེམས་པ་མེད་ཀྱང་། །
རྟ་མགོས་ཕྱི་མིག་བལྟས་བྱུང་། །
ཁྲེལ་གཞུང་མེད་པའི་བྱམས་པས། །
ང་ལ་ཕྱི་མིག་མི་ལྟ། །

10.马头恋人

渡船的人儿 平波缓进
虽没有什么心肠
那渐渐离去的马头①
犹如分别的恋人
向岸边频频回首
可我负心的姑娘
却不回头看我一眼

注：
①马头:雅鲁藏布江上的一种载人运输木船，此船船头有一截马头形状的木桩。

ང་དང་ཚོང་འདུས་བུ་མོའི།།
ཚིག་གསུམ་དམ་བཅའི་མདུད་པ།།
ཁྲ་བོ་སྦྲུལ་ལ་མ་བཀྲུབ།།
རང་རང་ས་ལ་གྲོལ་སོང་།།

11.盟言

我和集市姑娘
在琳琅满目
水泄不通的集市上
说下的三句盟言
没有系在蛇的身上
却像盘踞的花蛇
自个解开盟结
溜入起伏的人群

ཆུང་འདྲིས་བྱམས་པའི་རླུང་བསྐྱེད།།
ལྕང་མའི་ལོགས་ལ་བཙུགས་ཡོད།།
ལྕང་སྲུང་ཨ་ཇོ་ཞལ་ངོ་།།
རྡོ་ཀ་རྒྱག་པ་མ་གནང་།།

12.少女经幡

即使身临布达拉宫
青梅竹马的经幡
插在柳树旁边
看守柳树的哥哥
别拿石头来打她
在风的方向
尤其在字里行间
刻有 邻里间
溪水旁 羊肠道
追月亮 数星星
赶童年的岁月

བྲིས་པའི་ཡི་གེ་ནག་ཆུང་། །
ཆུ་དང་ཐིགས་པས་འཇིག་སོང་། །
མ་བྲིས་སེམས་ཀྱི་རི་མོ། །
བསུབས་ཀྱང་བསུབ་རྒྱུ་མི་འདུག །

13.黑字

在案边 写下的小小黑字
泪和雨滴冲消了
在内心 尚未绘制的壁画
怎么擦也擦不掉

བརྒྱབ་པའི་ནག་ཆུང་ཐེའུས། །
གསུང་སྐད་འབྱོན་ནི་མི་ཤེས། །
ཁྲེལ་དང་གཞུང་གི་ཐེའུ།།
སོ་སོའི་སེམས་ལ་སྐྱོན་དང་། །

14.黑色小印

在人情冷暖的林荫小道
在厚貌情深的书字墨间
在心潮澎湃的情谊浪尖
以业依因盖上的黑色小印
再深再晰也不会说话
请把质朴守信的浑金璞玉
盖在彼此心坎上

སྟོབས་ལྡན་ཏ་ལོའི་མེ་ཏོག །
མཆོད་པའི་རྫས་ལ་ཕེབས་ན།།
གཡུ་སྦྲང་གཞོན་ནུ་ང་ཡང་།།
ལྷ་ཁང་ནང་ལ་ཁྲིད་དང་།།

15.哈罗花

我那年轻的姑娘

你要这生机勃勃

群芳竞艳的哈罗花①儿

若要带进佛堂

去作供品的话

千万不要忘了

把我这年轻的玉峰

也带进佛堂吧

注：
①哈罗花：藏语音译，即景葵花。

སེམས་སོང་བུ་མོ་མི་བཞུགས།།
དམ་པའི་ཆོས་ལ་ཕེབས་ན།།
ཕོ་གཞོན་ང་ཡང་མི་སྡོད།།
རི་ཁྲོད་འགྲིམ་ལ་ཐལ་འགྲོ།

16.心爱的姑娘

我心爱的姑娘

你若要离开我

去山里

与鸟儿 与江河

寻找自我 寻找宇宙

别遗弃我

我也跟随你的脚印

去山里

与鸟儿 与江河

寻找你的倩影 寻找你的心灵

མཚན་ལྡན་བླ་མའི་དྲུང་དུ།།
སེམས་ཁྲིད་ཞུ་བར་ཕྱིན་པས།།
སེམས་པ་བསྒྲོར་ཀྱང་མི་ཐུབ།།
བྱམས་པའི་ཕྱོགས་ལ་ཤོར་སོང་།།

17.思念

那天 我捧着一片虔诚
捧着一路思绪
面对上师
叩首过去
合十未来
盘踞当下
恳求指点心性
指点未来明路
可我无法收回
心猿意马 牵肠挂肚的心儿
又跑到情人那里

སྒོམ་པའི་བླ་མའི་ཞལ་རས། །
ཡིད་ལ་འཆར་རྒྱུ་མི་འདུག །
མ་བསྒོམ་བྱམས་པའི་ཞལ་རས། །
ཡིད་ལ་ལྷ་ལེ་ལྷ་ལེ། །

18.情人的容颜

无论在天涯 在海角
还是在咫尺之间
再怎么观想
也想不起上师的尊容
可那久违謦欬
久违情人的容颜
就像月儿倒映在水中
却时时浮现在心上

སེམས་པ་འདི་ལ་འགྲོ་འགྲོ།
དམ་པའི་ཆོས་ལ་ཕྱིན་ན། །
ཚེ་གཅིག་ལུས་གཅིག་ཉིད་ལ། །
སངས་རྒྱས་འཐོབ་པར་འདུག་གོ།

19.苦心

无论是寒冬腊月
还是春暖花开
若能把这片苦心
去想佛法
在今生此世
将会立地成佛

དག་པ་ཤེལ་རིའི་གངས་ཆུ། །
ཀླུ་བདུད་རྡོ་རྗེའི་ཟིལ་པ། །
བདུད་རྩི་སྨན་གྱི་ཕབ་རྒྱུན། །
ཚང་མ་ཡེ་ཤེས་མཁའ་འགྲོ། །
དམ་ཚིག་གཙང་མས་བཏུང་ན། །
ངན་སོང་སྐྱོང་དགོས་མི་འདུག །

20.甘露

假如你能
雪山之水
沙参之露
甘露之糊
由智慧仙女
酿成的酒
以誓约饮下
可以不堕恶途

རླུང་རྟ་ཡར་འགྲོའི་དུས་ལ།།
རླུང་བསྐྱེད་དར་ལྕོག་བཙུགས་པས།།
མཛངས་མ་མ་བཟང་བུ་མོས།།
ང་རང་མགྲོན་པོར་བོས་བྱུང་།།

21.作客

每当时来运转
心旷神怡的时候
在山顶 在河边
挂起经幡
飘扬祈福
敞开胸怀
踏歌青春
在草原 在村庄
就有善良的姑娘
请我去作客

སོ་དཀར་ལྷགས་པའི་འཛུམ་མདངས། །
བཞུགས་གྲལ་ཀྱི་ལ་བསྟན་ཀྱང་། །
མིག་ཟུར་ཁྲ་མོའི་སྒྲིལ་མཚམས། །
གཞོན་པའི་གདོང་ལ་བལྟས་བྱུང་། །

22.娇滴的眼神

在那金碧辉煌
楚楚动人的殿堂
随着光线的飘移
缓缓流动的身影
在檐下井然入座
虽然一张灿烂的笑容
落入高朋满座的殿堂
却那娇滴的眼神
穿过席间
落到少年的脸上

ཧ་ཅང་སེམས་ལ་སོང་ནས།།
འགྲོགས་འདྲིས་ཨེ་ཡོང་དྲིས་པས།།
འཆི་བྲལ་བྱེད་ན་མིན་པ།།
གསོན་བྲལ་མི་བྱེད་གསུངས་བྱུང་།།

23.海誓山盟

因为落花入心　清逸芬芳
无论是白天　还是黑夜
无论在布宫　还是在拉萨
六神无主　坐立不安
于是
向那朝思暮想
倾心爱慕的人儿
问了一句
是否愿作我的伴侣
慨然允诺

除非地老天荒

海枯石烂

此志不渝

མཛངས་མའི་ཐུགས་དང་བསྟུན་ན། །
ཚེ་འདིའི་ཆོས་སྐལ་ཆད་འགྲོ །
དབེན་པའི་རི་ཁྲོད་འགྲིམས་ན། །
བུ་མོའི་ཐུགས་དང་འགལ་འགྲོ །

24.模棱两可

如果你每天
遂顺美女的心情
那就今生与佛法绝缘

如果你每天
到深山专注修行
却违背姑娘的夙愿

ཀོང་ཕྲུག་གཞོན་པའི་བློ་སྣ།།
སྦྲང་བུ་རྒྱ་ལ་བཅུག་འདྲ།།
ཞག་གསུམ་ཉལ་རོགས་བྱས་པས།།
ཐུགས་ཡུལ་ལྷ་ཆོས་དྲན་བྱུང་།།

25.工布少年

工布[1]少年的志向
像蜂儿
被圈在网里
与少年共枕三夜
又想起
漫天飞舞的彩蝶
和终极佛法

注：
①工布：西藏一地名。

གཏན་གྲོགས་ཁྲོད་ལ་བསམས་པས།།
ཁྲེལ་དང་ངོ་ཚ་མེད་ན།།
མགོ་ལ་བརྒྱབ་པའི་གཙུག་གཡུས།།
སྙད་ཆ་སྨྲ་ནི་མི་ཤེས།།

26.负心

至于心
就像一堵透明的墙
若你破开它
只有一句话的厚度

我一生都为了你
你若无耻负心
头顶上的松石
它也不会言语

འཛུམ་དང་སོ་དཀར་སྟོན་ཕྱོགས། །
གཞོན་པའི་བསླུ་བྲིད་ཡིན་འདུག །
སྙིང་ན་ཞ་ཆ་ཡོད་མེད། །
དབུ་མནའ་བཞེས་རོགས་གནང་དང་། །

27.微笑

无论是草原
还是田间
你那春风般的微笑
触摸阳光
轻抚空气

无论在聚会
还是在独处
你那阳光般的微笑
颠覆江山
倾倒少年

在这天地之间
如果你真的爱我
请你在我的眼前
歃血为盟吧

སྙིང་ཐུབ་བྱ་རྡོ་ལམ་འཕྲད།།
ཨ་མ་ཆང་མས་སྦྱར་བྱུང་།།
ལན་ཆགས་བུ་ལོན་བྱུང་ན།།
འཚོ་སྐྱོང་ཁྱོད་རས་གནང་ཞུ།།

28.鸟儿和石头

你和我
像鸟儿和石头
萍水相逢
是小店酒家牵线
若是因此惹是生非
请您在这干枯的土地上
滋润我们的爱情
让她发芽
让他成长

སྙིང་གཏམ་ཕ་མར་མ་བཤད། །
ཆུང་འདྲིས་བྱམས་པར་བཤད་པས། །
བྱམས་པ་ཞ་ཡོ་མང་ནས། །
གསང་གཏམ་དགྲ་བོས་གོ་སོང་། །

29.隐私

因为我的幼稚
我把恋人当作了父母

因为我的幼稚
我把此生的秘密
透过风雪 透过夜色
告诉了青梅竹马

因为我的幼稚
我把此生的隐私

没告诉父母
却告诉了恋人
可是 谁能料到
我恋人的旁边
有很多“野鹿”
他们同样头枕温床
透过风雪 透过夜色
偷听我的秘密

因为我的幼稚
我把恋人当作了父母
却让敌人偷听了我
此生的秘密

སྙིང་ཐུབ་ཡིད་འཕྲོག་ལྷ་མོ། །
རྔོན་པ་ང་རང་ཟིན་ཀྱང་། །
དབང་ཆེན་མི་ཡི་དཔོན་པོ། །
ནོར་བཟང་རྒྱལ་པོས་འཕྲོག་སོང་། །

30.伊婥拉姆

黑夜像雨后的青春
踌躇满志

我那心爱的
像伊婥拉姆般的姑娘
是我猎捕的
但是 却被显赫的
像诺桑王子一样的君主
抢走了我的伊婥拉姆

如果说世上最辽阔
最浩瀚的是宇宙
那么 比宇宙还辽阔
更浩瀚的应该是心灵

ནོར་བུ་རང་ལ་ཡོད་དུས།།
ནོར་བུའི་ནོར་ཉམས་མ་ཚོད།།
ནོར་བུ་མི་ལ་ཤོར་དུས།།
སྙིང་རླུང་སྟོད་ལ་འཚངས་བྱུང་།།

31.得与失

对于一个人来说
得与失
就像一股清风
天天在你的身边滑过

当你拥有珍宝的时候
并不觉得珍宝的稀奇
一旦归入人家
却满腔都是悔恨和气愤

对于一个人来说
得与失
就像一对情侣
一生在你的眼前垂直

当你拥有父母的时候
并不觉得父母的恩情
一旦划入星空
却满腔都是泪水和忏悔

རང་ལ་དགའ་བའི་བྱམས་པ།།
གཞན་གྱི་འདུན་མར་བླངས་སོང་།།
ཁོག་ནད་སེམས་པའི་གཅོང་གིས།།
ལུས་པོའི་ཤ་ཡང་བསྐམས་སོང་།།

32.恋人

你每天

仰望天空

触摸星星 感悟人生时

我就在你的身后

赤脚立地

感受大地 呼吸你的心跳

可惜 喜欢我的人

被人娶走了

如果思念是一根线

我宁愿让她捻长

不愿让她拉断

如果思念是一朵花

我宁愿让她盛开

不愿让她凋谢

如今 因为思念

我在家乡

骨瘦肉消

སྙིང་ཐུབ་རྐྱུ་ལ་ཤོར་སོང་།།
མོ་སྦྲུ་རྩིས་འབུལ་རན་སོང་།།
བུ་མོ་དུང་སེམས་ཅན་མ།།
སྨི་ལམ་ལ་ཡང་འཁོར་བྱུང་།།

33.失窃

清晨
在布宫　与太阳
在霞光中冉冉升起时
我时刻寻找你的光明

最近　因为我的浮躁
我那心爱的姑娘
被别人偷走了
为了我　为了你
不　为了众生

我应该去打卦求签

把她找回来

可是

无论白天 还是晚上

在拉萨

我在时空 我在梦中

与你常常相会

བུ་མོར་འཆི་བ་མེད་ན།། །
ཆང་ལ་འཛད་རྒྱུ་མི་འདུག །
གཞོན་པའི་གཏན་གྱི་སྐྱབས་གནས། །
འདི་ལ་བཅོལ་བས་ཡོས་ཆོག །

34.女人和酒

每当黑夜入眠
风儿在窗前打盹时
你在不远的地方
就能听到獒向天空
狂叫马蹄的嘶声

如果姑娘还活着
酒是不会完的

就是那根头发

那根芳香
黑夜更加黑暗
女人更加漂亮

是否我的全部
是否我的终身
应该寄托在这里
享受黑夜的温馨
酒的甘洌

བུ་མོ་ཨ་མར་མ་སྐྱེས།།
ཁམ་བུའི་ཤིང་ལ་སྐྱེས་སམ།།
ཨ་གསར་ཟད་པ་ཁམ་བུའི།།
མེ་ཏོག་ལས་ཀྱང་མགྱོགས་པ།།

35.谢落的爱情

假如我的思念
是一路狂欢
那么 你的守候
就像我的心窝
坐落在你的家园

门前走廊里的姑娘
好比草地上的松鼠
又像墙壁上的画像
不是妈妈所生

怕是桃花树上长的

要不她的爱情

为什么比桃花还谢得快呢

བུ་མོ་ཆུང་འདྲིས་བྱམས་པ། །
སྤྱང་ཀིའི་རིགས་རྒྱུད་མིན་ནམ། །
ཤ་འདྲེས་ལྤགས་འདྲེས་བྱུང་ཡང་། །
རི་ལ་ཤོར་གྲབས་མཛད་གིས། །

36.狼女

每当我把昼夜
分成四分
或者六分时
时间总是在窗前
向我微笑

牵着太阳
牵着月亮

却我那

可爱的青梅竹马
莫非是狼的后裔
尽管我们相亲相爱
她还想逃回山里

不论黑夜撕破宇宙的脸
还是白昼晒干黑夜的背
你的容颜
是我途中的莲花

རྟ་རྒོད་རི་ལ་ཤོར་ཀྱང་།།
སྙི་དང་ཞགས་པས་ཟིན་ཚོག།
བྱམས་པས་ངོ་ལོག་བརྒྱབ་པས།།
ཐུགས་ངོ་ཟིན་པ་མི་འདུག།

37.草原海

在草原 七月像海风
如果你牵着情人
漫步在草原
草原更像大海
清透你的新房

如果那一天
马儿跑到山上
你可不要埋怨草原
在草原上不像大海

可用套绳捉住烈马

假如那一天
你心爱的姑娘
一旦变了
不要说草原
或者大海
你有三头六臂
也无法挽回

草原像大海
缠绵在山间
大海更像草原
清透你的心房

བྲག་དང་རླུང་པོ་བསྡེབས་ནས། །
རྒོད་པོའི་སྒྲོ་ལ་གཟན་བྱུང་། །
གཡོ་ཅན་རྫུ་བག་ཅན་གྱིས། །
ང་ལ་གཟན་པོ་བྱས་བྱུང་། །

38.岩石风

在你的眼里
我第一次看见天空时
像心灵 一丝不挂
像海水 充满深情

不知谁的呼唤
叫醒了天空
叫醒了老鹰
让风暴拍打岩石
刮乱羽毛

使每一座岩石

像羽毛 凌乱不堪

不知谁的呼唤

叫醒了大地

叫醒了心灵

让慈悲植入人间

敞开胸怀

使每一个人

像姑娘

让我心烦意乱

སྤྲིན་པ་ཁ་སེར་གདིང་ནག །
སད་དང་སེར་བའི་གཞི་མ། །
བན་དེ་སྐྱ་མིན་སེར་མིན། །
སངས་རྒྱས་བསྟན་པའི་དགྲ་བོ། །

39.黑心云

在我的空间
每一缕阳光
是日月恩赐的光环
不知在你的门前
是否还有这样的奢侈
和祥云的护卫

听说黄边黑心的云彩
是霜雹的成因
不知你的空间

是否尚有非僧非俗的和尚

在我的门前

他们已被认为是佛教的敌人

无论怎样

我把你的生日

作为我的星期天

在布宫 在大昭寺

为你 为众生

祈福和平 祈福幸福

如果你是终点

我愿做一颗星星

划入你的夜空

ས་དེ་ཁ་ཞུར་གཉིང་འཁྲུགས།།
རྟ་ཕོ་གཏོང་ས་མ་རེད།།
གསར་འགྲོགས་བྱམས་པའི་ཀྱོགས་ལ།།
སྙིང་གཏམ་བཤད་ས་མ་རེད།།

40.因为高原

因为高原
每一朵花像姑娘
芬芳 娇嫩
因为高原
每一个人像牦牛
憨厚 直爽

因为高原
即便是六月
却像深冬腊月

不宜马儿展翅

因为高原

不过你我之间的海拔

只有心来丈量

因为高原

只有雪山白云

神山神湖与你同行

因为高原

即便是六月

却像十月怀胎

不宜谈笑风生

ཆོས་ཆེན་བཙོ་ལྔའི་ཟླ་བ།།
ཡིན་པ་འདྲ་བར་འདུག་སྙེ།།
ཟླ་བའི་དཀྱིལ་གྱི་རི་བོང་།།
ཆེ་ཟད་ཚར་ནས་འདུག་གོ།

41.月宫玉兔

因为你的出现
黑夜变得如此清澈 温柔
因为你
世界才变得如此安详 文静

因为你的出现
黑夜变得如此清香 温馨
因为你
才有了倾听自己的呼吸
捕捉自己心跳的机会

因为你的出现

十五的月亮与你相像

因为你

月宫的玉兔

显得有些羞涩

ཟླ་བ་འདི་ལ་ཕར་འགྲོ།
རྙིང་མའི་ཟླ་བ་ཚུར་ཡོང་།།
བཀྲ་ཤིས་ཟླ་བ་དཀར་པོ།།
ཟླ་སྟོད་ཕྱོགས་ལ་མཇལ་ཡོང་།།

42.这两年

这两年
因为花的芬芳
忘了夏天的气息

这两年
因为你的滋润
忘了冬天的寒冷

这两年
因为春的耕耘

忘了秋天的收获

这两年
因为季节的更换
突然想到
这个月过去
下月才能回来

愿能下月上旬
拜见吉祥纯洁的月亮

དབུས་ཀྱི་རི་རྒྱལ་ལྷུན་པོ།
མི་འགྱུར་བརྟན་པོར་བཞུགས་དང་།
ཉི་མ་ཟླ་བའི་འཁོར་ཕྱོགས།
ནོར་ཡོང་བསམ་པ་མི་འདུག

43.日月方向

最近 无论在路上
还是在梦中
每当深夜
独自在记忆的缝隙
窥视晃动的人群
搜素飘动的经幡
总是抹不掉羊卓雍措的回眸
就像一双脚印
深深烙在脑海

愿你在世界之巅

像众山之王

巍然耸立 坚定不移

我想日月的转向

永远不会走错

ཚེས་གསུམ་ཟླ་བ་དཀར་པོ།།
དཀར་གོས་ནང་ནས་ཆོད་སོང་།།
བཙོ་ལྷུའི་ནམ་དང་མཉམ་པའི།།
ཞལ་བཞེས་གཅིག་ཀྱང་གནང་ཞུ།།

44.初三月儿

有一种习惯叫
日出日落
人们就在这里
种田 锄地
等待鲜花烂漫

每当路过此地
总能看见太阳在左边
月亮在右边
为你耕耘 为你欢呼

可是今夜 在拉萨

像初三的月儿

弯如镰刀 银光细雨

请你答应我

犹如十五的月光

照亮我回家的路

ས་བཙུའི་དབྱིངས་སུ་བཞུགས་པའི།།
དམ་ཅན་རྡོ་རྗེ་ཆོས་སྐྱོང་།།
མཐུ་དང་ནུས་པ་ཡོད་ན།།
བསྟན་པའི་དགྲ་བོ་སྒྲོད་དང་།།

45.丹坚多杰勒巴

丹坚多杰勒巴①
如果你的威力定格在桑耶
我以阳光晒干涛声
雪花绽放梦想

时间像溪流
像空气 又像天空
时刻在我的身边划过

如果你真有那么大的威力

我想借用你的金刚杵
截流时间 与你永恒
静住十地②与你对话

不知是哪位过客
在拉萨写满了你的誓言

还是为了你的承诺
为了那位过客
在十地法界
折断时空 驱走佛魔吧

你像溪流 梦里说话
你像时间 夜里开花

注：
①丹坚多杰勒巴是宁玛派护法神之一，也称具誓护法。
②十地在佛经里指圣人的得道等级。

ཁུ་བྱུག་མོན་ནས་ཡོང་བས།།
ནམ་ཟླའི་ས་བཅུད་འཕེལ་སོང་།།
ང་དང་བྱམས་པ་འཕྲད་ནས།།
ལུས་སེམས་སྐྱིད་པོར་ལངས་སོང་།།

46.门隅杜鹃

那年
你的一句话
融化了整个冬天
大地像襁褓里的婴儿
哇哇滋萌

于是杜鹃从门隅①飞来
带来了春的气息
微风在你的脚印里
吹拂檐下细雨

就是那年

因为你的一句话

拉萨刻满了六字真言

与你见面

就像你在春天里

扎着辫子 穿着绸袍

在花丛中翩翩起舞

让我身心愉快

注：
①第六世达赖喇嘛仓央嘉措出生地，西藏一地名。

མི་རྟག་འཆི་བ་སྙིང་ནས་མ་དྲན་ན།།
སྤྱུང་གྲུང་འཛོམས་ཀྱང་།།
དོན་ལ་ལྷུགས་པ་འདྲ་བྱུང་།།

47.生命

每次沿着石阶
踏着心跳
步入宫殿
只是在云端
邀你相望

生命像清晨露珠
又像风中灯盏
一闪即逝

每次双手合十

禅定思绪

只是在梦中

见你一面

若你站在生命的对岸

不思考无常和死亡

纵有盖世的智慧

实际和傻子一样

生命如彩虹 如江水

永远在变化之中

生死相依

ཁྱི་དེ་སྟག་ཁྱི་གཟིག་ཁྱི། །
གདག་ག་ཁྱིན་ནས་འདྲིས་སོང་། །
ནང་གི་སྟག་མོ་རིས་འཛོམས། །
འདྲིས་ནས་ཁྲ་རུ་ལངས་སོང་། །

48.花斑母虎

每当夜深人静 灯火珊阑时
总能听到
众生的脚步像风中的铃声
四处飘扬
但是 此生都能遇到很多狗一样的人

无论是虎狗豹狗
只要你天天喂他
他不会咬你
可家里的花斑母虎

她就不一样了
你越喂她 她越凶暴
因为她很清楚
身边还有一条虎狗

如果你在拉萨
背靠太阳
让阳光照亮你的心怀

ཤ་འཛམ་ལུས་པོ་འདྲིས་ཀྱང་།།
བྱམས་པའི་གཏིང་ཚོད་མི་ལོན།།
ས་ལ་རི་མོ་བྲིས་པས།།
ནམ་མཁའི་སྐར་ཚོགས་ཐུག་ཐུང་།།

49.女人井

在我的记忆
女人像一条河
哺育两岸江山
又像一道伤口
深深埋在心里

其实女人像一口井
更像一汪大海
虽然几经欢会
却摸不透情人的心

那天我在地上绘图

碰见日月星辰

因为她像海 我像鱼

ང་དང་བྱམས་པའི་སྐྱེབ་ས། །

ལྷོ་རོང་མོན་པའི་ནགས་གསེབ། །

སྨྲ་མཁན་ནེ་ཙོ་མ་གཏོགས། །

སུ་དང་གང་གིས་མི་ཤེས། །

སྨྲ་མཁན་ནེ་ཙོ་ཨོ་ཤེས། །

གསང་ཁ་མདོ་ལ་མ་གནང་། །

50.巧嘴鹦鹉

无论风和日丽

还是凄风苦雨

我和情人

相约南谷密林

除了巧嘴的鹦鹉

没有一人知道

我那言语的鹦鹉啊

别在街头乱言
如果有人问津
撕碎门巴密林

ལྷ་ས་མི་ཚོགས་འཁྲུག་ལ།།
འཕྱོངས་རྒྱས་མི་སྤུས་དག་པ།།
ང་ལ་ཡོད་པའི་ཆུང་འདྲིས།།
འཕྱོངས་རྒྱས་གཞུང་ལ་ཡོད་དོ།།

51.琼结姑娘

每每说起拉萨
眼前不是寺庙
就是八廓街的人群
和甜茶馆里的表情
但是从人来说
琼结①人最合我心意
我的青梅竹马
家就住在琼结
像冰像玉 清透洁白
忠贞不渝

注：
①西藏山南地区泽当镇雅砻河谷一地名，是五世达赖喇嘛的出生地。

ཁྱི་ནག་རྒྱ་བོ་ཟེར་བ། །
རྣམ་ཤེས་མི་ལས་སྒྲུང་པ། །
སྒོད་ལ་ལངས་སོང་མ་ཟེར། །
ཐོ་རངས་ལོག་བྱུང་མ་ཟེར། །

52.黑黄色的狗

对于一个人来说
人生好比一场梦
过去像发霉的蓝花
在记忆里抚慰你的人生
将来又像未婚的少女
在犹豫中耗尽自己的青春

人们总是在梦中
追逐过去
盘算未来

但却生命像墙上的秒钟
每时每刻都在为你嘀嗒
为你奔跑 为你呐喊

可是 让我胆却的是
生活像那条黑黄色的狗
总是在家门口
为你迎送 为你护航
比人还聪慧

即便如此
当下你可别说我夜里出去
早晨回来哦

སྒྲོད་ལ་བྱམས་པ་བཅོལ་བས། །
ཐོ་རངས་ཁ་བ་བབས་བྱུང་། །
གསང་དང་མ་གསང་མི་འདུག །
ཞབས་རྗེས་གངས་ལ་བཞག་སོང་། །

53.晨雪

如果你是
村口伴我长大的千年桃树
我愿返回童年
在村口与你相会
哪怕千年万年

如果你是
床前伴我入眠的那盏明灯
我愿化作天上星星
与你相守黑夜

哪怕今生来世

可是那年冬天
我为了那颗童年的心
也为了你的黑夜
夜里与你相会
从来没想到
早晨落了一场雪
若你再想保密也保不住
因为脚印已留在雪上了

从此
我的生活一片哗然
犹如茫茫雪花
漂浮在我的天空

པོ་ཏ་ལ་རུ་བཞུགས་དུས། །
རིག་འཛིན་ཚངས་དབྱངས་རྒྱ་མཚོ། །
ལྷ་ས་ཞོལ་དུ་སྡོད་དུས། །
འཆལ་པོ་དང་བཟང་དབང་པོ། །

54.当桑旺布

听说诗歌是神的语言
人们踏着祖先的歌喉
在雅江流域试读人类的文明
诗歌犹如女人的温馨 缠绵
让人迷惑 让人沉醉
不论怎样
如果为诗歌为女人
此生粉身碎骨也值得
天下除了女人和诗歌
哪有第三朵花呢

正为如此

住在布宫时

人们都称我仁增仓央嘉措

住在拉萨时

喊我浪子当桑旺布

ཞ་འཇམ་ཉལ་སའི་ནང་གི །
སྙིང་ཐུབ་དུང་སེམས་ཅན་མས། །
ཨོ་ཡོའི་རྒྱུ་ནོར་འཕྲོག་པའི། །
གཡོ་སྒྱུ་བཤད་པ་མིན་འགྲོ །

55.温床女

因为昨夜的细雨
清透了姑娘的心
还是乡下的那间农舍
孵化了她的生活

自从那天晚上
她抛弃荣辱
与我共枕

是因为那场夜雨

还是为了某种欲望
或者以光滑的柔情
炉溶男人的心房
骗取财宝

莫非是虚情假意

དབུ་ཞྭ་དབུ་ལ་བཞེས་སོང་།།
དབུ་ལྷུང་རྒྱབ་ལ་དབྱུགས་སོང་།།
ག་ལེ་ཕེབས་དང་བྱས་པས།།
ག་ལེ་བཞུགས་ཤིག་གསུངས་བྱུང་།།
ཐུགས་སེམས་སྐྱོ་ཡོང་བྱས་པས།།
མགྱོགས་པོར་འཕྲད་ཡོང་གསུངས་བྱུང་།།

56.离别

忘了 你什么时候
开始站在我的眼前
蝴蝶像一块花布
晾干在我的园里
远处的牛羊在草丛中
 隐约可见
小孩戏水的声音像一朵云彩
在我的眼前飘过

人们眼睛不再看人
耳朵不再听声音的时候
童年像儿时的伙伴 历历在目
在我的家乡有一首民歌
是这么唱的
她临走前把帽子戴在头上
辫子甩在背后
我说“请慢走”
她说“请留步”
我说“伤心了吗”
她说“很快会见面的”

真的 我忘了你站在我的眼前

བྱ་དེ་ཁྲུང་ཁྲུང་དཀར་པོ།།
གཤོག་རྩལ་ང་ལ་གཡར་དང་།།
ཐག་རིང་རྒྱང་ལ་མི་འགྲོ།
ལི་ཐང་བསྐོར་ནས་སླེབ་ཡོང་།།

57.洁白仙鹤

小时候
每个人都有自己的梦
在我的梦中
爸爸像一头牛
天天耕耘他的梦想
但我长大后梦没了
却像一只惊弓的小鸟
在爸爸的掌上自由翱翔
叫一声“爸爸”
感觉世界始终在自己的手心

如果你曾在我的梦中划过
请把你的双翼借给我
我不会飞过蓝天
也不会飞过大地
只是转圈理塘
飞回拉萨 飞回布宫

我那洁白的仙鹤

ཤི་དེ་དམྱལ་བའི་ཡུལ་གྱི། །
ཆོས་རྒྱལ་ལས་ཀྱི་མེ་ལོང་། །
འདི་ནས་ཁྲིག་ཁྲིག་མི་འདུག །
དེ་ནས་ཁྲིག་ཁྲིག་གནང་ཞུ། ། ཛ་ཡནྟུ།།

58.男人狼 女人水

“我给你说过
做不了善事 不要害人
还好 遍体鳞伤”

似曾有人讲过
忍一时风平浪静
退一步海阔天空
但是 这年代
男人像一匹狼
四面楚歌

女人像一碗水
海纳百川

无论是春风秋雨
还是冬日夏云
时间像一把冰冷的刀
让你高兴让你哭泣
还好 在阎王爷那里
人间是非镜中分明
祝你好运

མདའ་མོ་འཕེན་ལ་ཕྱོག་སོང་།།

མདེའུ་ས་ལ་འཛུལ་སོང་།།

ཆུང་འདྲིས་བྱམས་པ་འཕྲད་བྱུང་།།

སེམས་ཉིད་རྗེས་ལ་འབྲངས་སོང་།།

59.爱情雨

为了生活

我把青稞种在田里

为了爱情

我把竹箭射向天空

为了幸福

我把契机埋在心里

谁都未曾想到

青稞在风中交配

一浪高过一浪

竹箭穿越靶心

划过青春 埋入人生

至于爱情

像阳光

满园红杏

像月亮

落在心间

རྒྱ་གར་ཤར་གྱི་རྨ་བྱ། །
ཀོང་ཡུལ་མཐིལ་གྱི་ནེ་ཙོ། །
འཁྲུངས་ས་འཁྲུངས་ཡུལ་མི་གཅིག །
འཛོམས་ས་ཆོས་འཁོར་ལྷ་ས། །

60.印度孔雀

去年今天
我在哲蚌寺
在罗布林卡
俗装观演

去年今天
我在乡下
在村庄
看见宝象徐徐走来

去年今天
我在沃卡
在雪山
目睹桑烟移动星空

印度东方的孔雀
工布本地的鹦鹉
尽管出生地方不同
望能圣地拉萨相聚

谁都明白
一朝天子一朝臣
此生我几乎在
谣言和奔波中度过

མི་ཚོས་ང་ལ་ལབ་པ། །
དགོངས་དག་ཡིན་པ་ཁག་ཐེག །
ཨ་ལོའི་གོམ་གསུམ་ཕྲ་མོ། །
གནས་མོའི་ནང་ལ་ཐལ་སོང་། །

61.风与花

你像风吹进我的心房
又像花开在我的园里
不知什么时候
门口的小狗也开始嚷嚷了
因为风还是因为花

别人说我闲话
肯定有他的道理
一句两句把我推向深渊
说我不留神

两三步

跑到山麓女店

是啊 要不邻家的小猫

怎么跑到她的怀里

风有风的方向

花有花的芬芳

ལྕང་མ་བྱེའུར་སེམས་ཤོར།།
བྱེའུ་ལྕང་མར་སེམས་ཤོར།།
སེམས་ཤོར་མཐུན་པ་བྱུང་ན།།
བྱ་ཁྲ་རྫོར་པས་མི་ཐུབ།།

62.小鸟柳树

如果说
黑夜是为了月亮
那么 我愿做一朵莲花
在你的湖中绽放温馨

如果说
鸟儿是为了天空
那么 我愿做一片绿叶
在你的枝头歌唱人生

柳树爱恋小鸟
小鸟青睐柳树
只要情投意合
鹞鹰无隙可乘

有阳光的地方
则有爱的滋润

ད་ལྟའི་ཚེ་ཐུང་འདི་ལ། །
དེ་ཁ་ཙམ་ཞིག་ཞུས་ནས། །
རྙིང་མ་བྱིས་པའི་ལོ་ལ། །
མཇལ་འཛོམས་ཨེ་ཡོང་བལྟོ། །

63.岁月

时光如梭

往事如烟

回眸过去

记不清一缕阳光

岁月像已故的老人

一去不返

岁月像额头的皱纹

深深烙在心里

岁月像窗前明月

等待你的出现

在这短短的人生
就这样吧
来生少年时节
看看能否相逢

岁月又像风
在你的耳边吹
摸不着 看不见
但让你长大 让你变老
岁月又像你我
相互对应
你追我赶

岁月像时间
在嘀嗒 在匍匐
无始无终

བྱ་དེ་སྨྲ་མཁན་ནེ་ཙོ། །
ཁ་རོག་བཞུགས་རོགས་མཛོད་དང་། །
ལྕང་གླིང་ཨ་ལྕེ་འཇོལ་མོ། །
གསུང་སྙན་བསྒྱུར་དགོས་བྱུང་སོང་། །

64.回家是一种病

其实回家是一种病
要不那巧嘴的鹦鹉
怎么天天喋喋不休
“别喊了”
我在回家的路上

也许你的圈里多了一个朋友
也许你的床前失去一轮明月
无论如何 你一直
在生命的栅栏里

守候着 忙碌着

圣者有圣哲的方法
卑鄙有卑劣的方式
其实我们都在回家的路上

你听
那柳林的画眉鸟
要唱歌了

在河边 在田间 在草原
甚至在大街小巷
但是你那火焰般的心灵
无时不在回家

རྒྱབ་ཀྱི་ཀླུ་བདུད་བཙན་པོ། །
འཇིགས་དང་མི་འཇིགས་མི་འདུག །
མདུན་གྱི་ཀ་ར་ཀུ་ཤུ །
འཐོགས་སུ་དགོས་པ་བྱུས་སོང་། །

65.雪海儿女

如果我在海边出生
我将海上建一座房屋
与你共度良宵

因为大海是雪山坦荡的胸怀
雪山是大海凝固的泪水
我相信 你不时为
雪山脚下的人们
输送阳光 输送爱情

如果我出生在大山脚下
我将每一片雪花编成花篮
让大地生机盎然
让青春激情荡漾

即使大山背面凶恶的龙魔
张牙舞爪
我不会因为太阳的移动
改变我的影子
也不会因为大海的波涛
改变雪山的方向
让美丽的村庄 让红润的苹果
充满生机 充满活力

因为我是雪山之子
大海的女儿

དང་པོ་མ་མཐོང་ཆོག་ག །
སེམས་པ་འཆོར་དོན་མི་འདུག །
གཉིས་པ་མ་འདྲིས་ཆོག་ག །
སེམས་གཅོང་ཞུགས་དོན་མི་འདུག །

66.免得

如果在湖边与你牵手
是为了湖水的清澈
那么我愿化作一条小鱼
死守你的清澈

如果在佛堂与你祈福
是为了众生的慈悲
那么我愿变成一盏酥油灯
为你点亮光明

如果在集市与你并肩
是为了世人的眼光
那么我愿化作一缕清风
吹拂你的心灵

说实在
第一不见为好
免得神魂颠倒
第二不熟最好
免得牵肠挂肚

རིག་འཛིན་ཚངས་དབྱངས་རྒྱ་མཚོ། །
སྙིང་སྡུག་འཚོལ་གྱིས་མ་གསུང་། །
རང་ལ་དགོས་པ་ནང་བཞིན། །
མི་ལ་དགོས་ཀྱི་ཡོད་འགྲོ །

67、仓央嘉措

在拉萨
有一条街叫八廓街
彻夜灯火珊阑

在拉萨
有一尊佛叫释迦牟尼
昼夜金光闪闪

在拉萨
有一种人叫黑头藏人

一生慈悲为怀

不要说仓央嘉措
去找情人了
都是血肉之躯
您需要什么
他也同样

ལྷ་ཞིང་ཤུག་པའི་རྩེ་ལ། །
ཁུ་བྱུག་གཞོན་ནུ་བབས་འདུག །
གསུང་སྐད་མང་པོ་མི་དགོས། །
སྙན་པོ་ཚིག་གཅིག་གསུངས་དང་། །

68.说句心爱的话

夕阳西下
是因为月亮的容光
你的离开
是因为回来

自从那天
背着相思远离故土时
月光在树梢
风儿在山涧

如果你的出现
是一种巧合
我愿做一颗流星
消失在你的天空
如果你的出现
是一种因缘
我愿做你的形影
寸步不离

柏树枝头的杜鹃啊
不要多说什么
就说一句心爱的话吧

你轻轻的走
是为了轻轻的回来

བསམ་ཡས་བྱ་ཕོ་དཀར་པོ། །
བྱ་སྐད་སྔ་པོ་མ་རྒྱག །
ང་དང་ཆུང་འདྲིས་བྱམས་པ། །
སྙིང་གཏམ་ཤོད་འགྲོ་ལུས་ཡོད། །

69.桑耶白色雄鸡

每当
太阳像一个驼背的老人
踏着粼光
缓缓步入万丈霞光的时候
月亮像一个清爽的姑娘
挺着胸脯 穿过黑夜
迎接新的一天

可是 在雅鲁江畔
我那桑耶白色雄鸡

你可千万不要叫醒黎明
我和我的情人
还有很多心里话
要相互倾诉

黑夜像一块黑布
时时遮住我的眼睛
我和我的情人
还有很多心里话
要相互倾诉

ཆང་འདི་དང་པོས་མ་བཟི། །
ཆང་འདི་གཉིས་པས་མ་བཟི། །
ཆུང་འདྲིས་བྱམས་པས་ཞུས་པས། །
ཞལ་དཀར་གང་གིས་བཟི་སོང་། །

70.醉酒

很多人剃度出家
是为了众生
那么 我的出离
是为了那桩红色革命

无论在布宫 还是在青海湖
我为这身颜色 为这身浪潮
守候尊严 守候清净

真是那天
一个风雨交加的晚上

很多爱情的失忆者
为河水的清澈争吵不休
为风铃的清脆改变方向
真是那天
一个风雨交加的晚上
你的出现就像一杯酒
满园春色 阳光明媚

如果第一杯是为了尊严
我愿做你的奴仆
让你肆意践踏
如果第二杯是为了这身颜色
我愿做你的牛马
任你随意宰割
因为你的出现
就像一杯酒
让我神魂颠倒
让我酩酊大醉

མི་ཚོགས་མང་པོའི་དཀྱིལ་དུ།།
ང་གཉིས་ཡིན་མདོག་མ་གནང་།།
ཁྱེད་ཀྱི་ཐུགས་ལ་ཡོད་ན།།
སྤྱན་གྱིས་གཟིགས་སྐྱོགས་གནང་དང་།།

71.秋波

最近
总能听到一些声音
在胡同里张贴
是因为心情还是天气

昨晚又听到
邻居家的猫
被狗咬死了
是否林芝的桃花
达布的核桃

还有我家乡的芭蕉
也被人摘走了

在这时刻
尤其在人群之中
不要假模作样
如果真有爱意
放飞你的秋波

ཁྱོད་ནི་གསེར་ཟངས་སྐུ་རེད། །
ང་ནི་འདག་པའི་ལྷ་རེད། །
ལྷ་ཁང་གཅིག་གི་ནང་དུ། །
ང་གཉིས་མཉམ་དུ་མི་ཡོང་། །

72.背包和尚

你是鎏金佛像

我是泥塑神像

我们俩

不能摆在一间佛堂

因为你的身份

决定了我的职责

你是千金女郎

我是背包和尚

我们俩

不能共枕今生今世

因为你的本性

决定了我的人生

སེམས་གཙོང་བྱམས་པས་གཙུག་པའི། །
ལུས་པོའི་མདོག་ལ་གཟིགས་དང་། །
ཤ་སྐམ་པགས་སྐམ་བྱས་པར། །
ཨེམ་རྫེ་བརྒྱ་ཡིས་མི་ཕན། །

73.辞别

黑夜像一双眼睛
总能帮你找到一些声音
你的辞别像黑夜又像眼睛
让我忐忑不眠浮想联翩

如果你是我的缠绵
我愿放弃佛心
与你共度良宵
但是黑夜像一双眼睛
让我捕捉你的声音

捕捉光明

慈悲是智慧的门票
残忍是无明的奴役

我为了那片光明
已经瘦骨嶙峋
看看我消瘦的身心
纵有百医也无用

你的辞别像黑夜又像眼睛
让我忐忑不眠浮想联翩

ཉ་ཚ་ཆེ་བའི་དུས་ལ། །
སྙིང་གཏམ་ཚང་མ་མ་ཤོད། །
ཁ་གཅིག་སྙོམ་པའི་དུས་ལ། །
རྫིང་རྒྱུ་ཚང་མ་མ་འབུང་། །
ལས་ལ་འགྱུར་བ་ཡོང་དུས། །
འགྲོད་པ་བྱས་ཀྱང་འཕྱིས་ཡོང་། །

74.告诫

我每次站在玛布日①
遥望乾坤
总能感觉到有一种声音
始终在心里跳动

即便是你的朋友
或者身边人
对你无微不至的时候

不要把心里话都告诉他

宛如口渴的时候

一口不能喝干池水

一旦时局有变

后悔莫及

注：

①玛布日：藏语玛布为红色，日为山，又名红山，布达拉宫建立在此山上。

后 记

对藏族人而言，第六世达赖喇嘛仓央嘉措的诗歌人人都能张口吟几首，深深扎根在这片祥和、文明、古老的土地。

这些年来，藏文化在全国乃至全球持续升温，据称第六世达赖喇嘛仓央嘉创作的各种诗文火遍全国，各种翻译版本琳琅满目，持续热销。至今，有于道泉、刘家驹、曾缄、刘希武、王沂暖、庄晶、索朗甲措和周良沛、龙仁青等翻译的八种汉文译本，其中，王沂暖先生翻译的相对比较流行。各种版本的仓央嘉措诗歌已成为无数男女熟读默念，或扬声朗诵的佳作，可谓在情理之中。

仓央嘉措诗歌诠释了人间挚爱，赞美了朴实爱情，这是真是假的古刹传奇，无不令人神往，更是流传不息。

前些年在网络上流传甚广的《见与不见》等十首诗歌，讹传为“仓央嘉措最美诗句”，其实它们与仓央嘉措毫无关系，只是为了吸引广大仓央嘉措诗歌爱好者的噱头而已，令他们嘘唏不已。

为了抚平无数充满美好理想和憧憬的铁杆诗迷的伤感，扫开历史风尘，让阳光照射那一篇篇朴实唯美，扣人心弦的力作，还原真实的仓央嘉措，呈现其一首首脍炙人口、原汁原味的诗篇，让这些诗歌爱好者以个人的方式寻找这位伟大诗人的思绪和笔下的意境，唤醒每一位读者心中的“仓央嘉措”，本人产生了翻译《仓央嘉措诗歌》的念头。于是，人不知鬼不觉，像深居蓬门荜户的老人，无论在风中，还是在花前；无论在拉萨，还是在旅途，与仓央嘉措“会面”，重温其诗歌。短短一年，不管在哪里只要想起仓央嘉措，无论在工作之余，是在茶余饭后，甚至在临睡前寻踪仓央嘉措、追亿仓央嘉措，在字里行间触摸他的灵感、厮守他的情愫，完成了此书的翻译，并在西藏电视台藏汉双语微信公众平台“阳光西藏”断断续续发表，深受广大读者的青睐。

然而，有时候偶尔看到各种媒体平台上的自己翻译的这些作品时，既感到满足，又感到缺憾。尽管如此，尚要面对这形形色色的世界和思绪万千的自我。

无论怎样，您的容颜是我途中的莲花！

作者于 2017 年 12 月 17 日在拉萨